JÉRÔME TALOU

PARCE QUE JE T'AIME

Illustrations: Caroline Gatti

TEEN READERS · TR · TEEN READERS

Jérôme Talou:
Parce que je t'aime
Teen Readers, Niveau 1

Quelques mots d'André Labarrere, Maire de Pau

Jérôme Talou est le digne descendant de ces personnalités qui ont offert à Pau un rayonnement international. Son talent est de projeter notre ville dans l'avenir le plus pointu des nouvelles technologies de l'information et de la communication (NTIC). Son héros, Bruno, à l'âge de l'adolescence, s'est parfaitement intégré dans le monde des ordinateurs. Internet est sa passion. Il ne vit qu'avec les découvertes qu'il peut faire à travers le site de chat. Il semblerait que les filles l'intéressent davantage que les NTIC !

J'avoue que j'ai pris plaisir à lire ce livre sans prétention, humoristique, plein d'inventions et à la pointe du progrès.

André LABARRERE
Sénateur-Maire de Pau.

Éditeur: Ulla Malmmose

ISBN-10 Danemark 87-23-90392-9
ISBN-13 Danemark 978-87-23-90392-1
www.easyreader.dk

Easy Readers EGMONT

Imprimé au Danemark par
Sangill Grafisk Produktion, Holme Olstrup

Chapitre 1

Dans le sud-ouest de la France, près des Pyrénées, se trouve une ville appelée Pau. A Pau, il y a un cyber café, pas trop loin de la poste. Beaucoup de jeunes y vont, surtout Bruno Guillard. Bruno a quinze ans ; il aime bien les ordinateurs, Internet et tout ce qui est technique. Mais plus que tout, Bruno aime les filles !

L'histoire commence un jour où Bruno était au cyber café. Il était sur un site de chat pour les jeunes du sud-ouest de la France. Sur ce site, il ne s'appelait pas Bruno. Il s'appelait Runbo ! Il parlait avec *Zizou*, un copain de foot quand une autre personne est arrivée sur le site de chat...

Jen: Bonjour à tous !
Runbo: Salut, Jen, ça va ?
Jen: Très bien, merci. C'est ma première visite sur un site de chat.
Zizou: Bienvenue, Jen. Il faut faire attention. On est tous *givrés* ici !
Jen: Merci Zizou.
Runbo: Toi, t'es givré, Zizou. Moi, je suis super intelligent !
Jen: Et moi, je suis très belle, comme *Mylène Farmer*.
Runbo: Ah, j'adore Mylène Farmer !
Zizou: Moi, non. Mon père l'aime bien, mais pas moi. Elle est trop bizarre.
Runbo: Et peut-être trop belle pour toi Zizou. ? Ah

sais-tu pourquoi le garçon a choisi Zizou?, si tu connais le capitaine de l'équipe française de football...
givré, quelqu'un qui n'est pas normal est givré
Mylène Farmer, une chanteuse très populaire en France

oui, tu préfères notre prof d'allemand ?
Jen: C'est vrai Zizou ?
Zizou: *Nein, nein, nein* ! Elle a au moins soixante ans ! Runbo *ment* !
Runbo: Moi ? Jamais ! Y'a pas plus honnête que moi !
Jen: T'as raison Zizou. Vous êtes givrés ici !
Zizou: Merci Jen. Toi aussi, j'espère !
Jen: Quelques fois.
Zizou. Oh non ! Je n'ai plus le temps ! *Bye-bye* !
Runbo: *Hasta luego* Zizou.
Jen: A bientôt !
Runbo: Maintenant Jen, nous sommes seuls.
Jen: Oui, t'es chez toi ?
Runbo: Non, je suis dans un cyber café.
Jen: Dans quelle ville ?
Runbo: Je suis à Pau, et toi ?
Jen: A Pau ? Moi aussi ! Quelle coïncidence !
Runbo: Et t'as quel âge ?
Jen: Quinze ans, et toi ?
Runbo: Moi aussi !
Jen: Encore une coïncidence ! Hé Runbo, ton nom, c'est comme Rambo. Tu connais le film ?
Runbo: Avec Sylvester Stallone ? Oui ! Je l'adore !
Jen: Donc, t'es Runbo, le *guerrier* ! T'es un guerrier, Runbo ?
Runbo: Quelquefois, oui. Tu veux me voir ? J'ai une photo sur ma disquette.
Jen: Pourquoi pas ?

'Runbo' a envoyé sa photo. Jennifer l'a regardée. Il

mentir, si tu mens, tu dis quelque chose qui n'est pas vrai
guerrier, comme un soldat

avait les cheveux noirs et *hérissés*, les yeux sombres et une chaîne en or autour du cou. Il semblait sportif – et aussi très sympa !

un hérisson

Bruno, 'Runbo' avec les cheveux hérissés

Runbo: Alors, qu'est-ce que t'en penses ?

Jen: Pas mal, pour un guerrier !

Runbo: *Mdr* ! Et toi, t'as une photo pour moi ?

Jen: Non, comme je te l'ai dit, c'est ma première visite sur un site de chat.

Runbo: Donc, si je veux te voir, il faut qu'on se rencontre ! Qu'est-ce que tu fais demain soir ?

Jen: Je vais au fitness jusqu'à dix-huit heures.

Runbo: Et après ça, tu peux venir au café irlandais, sur le Boulevard des Pyrénées ?

Jen: Peut-être !

Runbo: A dix-huit heures trente ?

Jen: Peut-être !

Runbo: Donc, je vais peut-être te voir demain.

Jen: Oui, peut-être…

mdr, mort de rire, dans les sites de chat français, on dit ça quand quelque chose est très drôle

Chapitre 2

Dix minutes plus tard, Bruno a quitté le cyber café. Il est allé au café pour rencontrer Michel, un copain de ping-pong. Mais quelques instants avant qu'il n'entre dans le café, son portable a fait bip bip bip. Un SMS de Michel :

Hi B. peux pas venir à 14h. viens à 15h. OK ?
Ciao, M.

Il avait une heure de libre. Il est donc retourné au cyber café pour y passer encore une heure. Cinq minutes plus tard, il était sur le même site de chat qu'avant. Mais maintenant, il s'appelait Urbon.

Urbon: Bonjour à tous !

Mais Urbon était tout seul sur le site de chat. Il a donc décidé d'aller lire ses e.mails. Il en avait reçu trois : *une blague* de Michel ; une publicité d'Amérique (non merci, il ne voulait pas travailler chez lui même pour + de $500 par semaine ! ! ! !) ; Le troisième était un e-mail de son prof d'anglais au sujet du rugby.

Anne: Bonjour Urbon.
Anne: Coucou ?
Anne: T'es là ? ?
Anne: Bon... personne...
Urbon: Salut, Anne !
Anne: Eh bien, t'es *réveillé* ?
Urbon: Oui, oui. Mais je parlais avec ma grand-

une blague, une histoire drôle
se réveiller, tu te réveilles après avoir dormi

mère sur mon portable.
Anne: Et… elle est plus importante que moi ? ?
Urbon: J'ai pas dit ça ! Je te connais pas.

C'était une surprise pour Anne. Un garçon qui pensait à sa grand-mère ! La plupart des garçons ne pensent en général qu'à une seule chose...

Anne: Et tu veux me connaître ?
Urbon: Peut-être. T'es sympa ?
Anne: J'espère que oui.
Urbon: T'es intelligente ?
Anne: Je pense que oui. Pas plus bête qu'une autre en tout cas.
Urbon: Belle ?
Anne: C'est pas moi qui peut le dire.
Urbon: Mdr ! T'as ta photo sur le NET ?
Anne: Désolée, je l'ai pas.
Urbon: Dommage. T'habites où ?
Anne: Moi, j'habite à Lescar.
Urbon: Mais c'est à côté de Pau !
Anne: Oui, quinze minutes en vélo. Et toi ? T'habites à Pau ?
Urbon: Oui. Si tu veux me rencontrer…
Anne: Pourquoi pas ? Qu'est-ce que tu fais demain soir ?
Urbon: Ah, je suis désolé, Anne. Je dois aller voir ma grand-mère.
Anne: Pas de problème. Lundi soir ?
Urbon: Parfait. Tu connais le Café Russe, boulevard des Pyrénées?
Anne: Oui.
Urbon: Donc, je serai là à dix-huit heures. Je peux

t'envoyer ma photo. Comme ça, tu pourras me reconnaître.
Anne: D'accord.

Cinq minutes plus tard, Anne Sénéchaud était contente. Elle avait un rendez-vous avec un garçon non seulement très sympa, mais en plus très beau !

Chapitre 3

Dimanche soir – 18h30 – au Café Irlandais, boulevard des Pyrénées, Pau

« Bonsoir, guerrier, a dit Jennifer en souriant. » Et ils se sont fait la bise . Bruno voyait Jennifer pour la première fois : cheveux longs et noirs ; yeux sombres et un très beau sourire.

« Ouah ! Tu t 'es pas fait mal à la tête ? a-t-il demandé. »

Jennifer n'avait pas compris ce qu'il voulait dire.

« Non, pourquoi ?

- Parce que tu ressembles à un ange tombé du ciel…»

Jennifer a ri. Elle s'est assise à côté de Bruno et lui a demandé :

« Qu'est-ce que tu bois ?

- Un cappuccino.

- Bonne idée. »

Jennifer a appelé le serveur pour passer sa commande. Il faisait beau et Jennifer et son guerrier pouvaient voir les Pyrénées. C'était incroyable de voir la neige sur les montagnes et d'être en short en même temps.

« Comment tu m'as trouvé ? Il y a beaucoup de monde ici, a dit Bruno.

- Ce n'était pas trop difficile, a répondu Jennifer. J'ai vu ta photo – et t'as les cheveux comme *un hérisson* !

- Merci, Jen, a dit Bruno d'un ton sarcastique.

- Tu ressembles pas à Sylvester Stallone mais à un autre acteur.

- Ah oui ? Brad Pitt peut-être ? Ou Tom Cruise ?

- Pas du tout ! s'est exclamée Jennifer en riant. T'es comme Hérisson Ford ! »

C'était une bonne blague, qui a bien fait rire Bruno. Après ça, ils ont parlé de plein de choses : de l'école,

un hérisson, voir ill. p. 5

des amis, du sport et de la montagne. Jennifer se sentait très bien en compagnie de son copain d'Internet.

« Est-ce-que je peux te demander quelque chose ? a demandé Jennifer.

- Bien sûr, a répondu Bruno – mais il savait que Jennifer allait lui demander quelque chose de sérieux.

- T'as une petite amie ? Elle l'a regardé dans les yeux.

- Moi ? Non. Je n'ai pas le temps ! Je fais beaucoup de sport, je dois étudier et… ma grand-mère… elle est malade. Je dois l'aider de temps en temps.

- Qu'est-ce qu' elle a ? a demandé Jennifer.

- Elle a eu un accident de voiture. Elle a eu une opération très grave. Et maintenant, elle ne peut plus marcher...

- Je suis désolée, a dit Jennifer. »

Ce garçon, il n'était vraiment pas comme les autres. Il était amusant, sympa, très beau – et, le plus important pour Jennifer, il semblait très sincère.

Deux heures plus tard, Jennifer était chez elle allongée sur son lit. Elle repensait à sa soirée en souriant. Elle était sûre d'avoir trouvé une autre qualité à son guerrier : il devait super bien embrasser !

Chapitre 4

Lundi soir – 18h30 – au Café Russe, boulevard des Pyrénées, Pau

« Urbon ? C'est toi ?

- Oui, c'est moi. Salut, Anne. »

Ils se sont fait la bise. Bruno voyait Anne pour la première fois: cheveux courts et blonds ; yeux verts et un très beau sourire.

« Ouah ! T'as mal à la tête ? a-t-il demandé.

- Oui, un peu, comment le sais-tu ?

- Parce que lorsqu'un ange tombe du ciel.... »

Anne a ri. Elle s'est assise en face de Bruno et lui a demandé :

« Qu'est-ce que tu bois ?

- Un jus de pomme.

- Bonne idée. »

Après cinq minutes, Anne a attiré l'attention de la serveuse.

« Donc, tu habites à Lescar. Je connais Lescar parce que l'année dernière, j'allais à l'école du cirque à Lescar. J'aime bien *jongler*.

- Ah bon, t'es un clown !

- Pas exactement. Pour moi c'est du sport. Je ne suis pas un clown.

- Ah bon ! a dit Anne. Quand j'étais petite, nous habitions à Pau, mais quand j'ai eu huit ans, nous avons déménagé à Lescar. Quand j'avais dix ans, ma mère...»

Urbon regardait les yeux d'Anne et il pensait : ils sont verts comme... pas comme des pommes... mais, comme la mer, la mer en Bretagne, oui, exactement ! Urbon pouvait sentir le parfum qu'Anne portait. Hummm, c'était merveilleux !

« Donc, laquelle est-ce que tu préfères ? a demandé Anne. »

Urbon est retombé sur terre.

« Ben, oui. Je suis d'accord, a-t-il répondu au hasard.

- Je t'ai demandé : « Où est la meilleure piscine à Pau? » Et t'as répondu : « Ben, oui. Je suis d'accord. »

Anne pouvait imiter sa voix à la perfection.

« Désolé, a dit Urbon. Mais j'étais captivé.

| *jongler*, voir ill. p. 13

- Captivé ? Par quoi ?

- Par tes yeux. Ils sont… merveilleux !

- Merci, cow-boy.

- Pourquoi tu m'appelles 'cow-boy' ? a demandé Urbon.

- Tu ne connais pas le film avec John Travolta ?

- Pulp Fiction ?

- Non ! Un film de 1980, avec Debra Winger. Urban Cowboy !

- Je ne le connais pas, a répondu Urbon. Mais j'aime bien mon *surnom* ! Je suis l'urban cowboy ! Pan ! Pan ! »

Urbon a *tiré* deux fois avec un revolver invisible.

« T'es drôle ! a dit Anne.

- Merci, a dit Urbon, avec un accent américain. Tu aimes les garçons drôles ?

- Quelquefois, a répondu Anne. Mais il y a d'autres qualités qui me semblent plus importantes.

- Par exemple ?

- Est-ce-que je peux te demander quelque chose ? a demandé Anne.

- Pas de problème, a répondu Bruno – mais il savait qu'Anne allait lui demander quelque chose de sérieux.

- Tu as une petite amie ? Elle l'a regardé dans les yeux.

- Moi ? Bof ! Mais… non. Je n'ai pas le temps ! Je fais beaucoup de sport, je dois étudier et… mon grand-père est malade. Quelquefois, je dois l'aider.

- Je croyais que c'était ta grand-mère qui était malade, ce n'est pas ce que tu as dit sur le site de chat ?

- Ben, oui, a dit Urbon. En fait c'est les deux. Le père de ma mère et la mère de mon père. Les deux sont

surnom, petit nom affectueux (en général)
tirer, ce que to fais avec un révolver - pan ! pan !

malades.

- Qu'est-ce qu'ils ont ? a demandé Anne.

- Le père de ma mère, il a ... il a une bronchite, parce qu'il fume trop. La mère de mon père, elle a eu un accident de voiture. Elle a eu une opération très grave. Et maintenant, elle ne peut plus marcher...

- Je suis désolée, a dit Anne. Je lève mon verre en ton honneur. Tu as beaucoup de courage. »

Urbon a *haussé les épaules*. Que pouvait-il dire ?

Ce garçon, pensait Anne, n'est vraiment pas comme les autres. Il est gentil, amusant, très beau, – et... très important pour Anne, il semblait très sincère.

il jongle

hausser les épaules

Deux heures plus tard, Anne était chez elle allongée sur son lit. Elle repensait à sa soirée en souriant. Elle était sûre d'avoir trouvé une autre qualité à son cow-boy : il devait super bien embrasser !

Chapitre 5

Trois semaines plus tard – samedi 10h30 – au marché biologique, Place du Foirail, Pau

« Alors, ça fait, quatre euros, cinq, et dix.

- Merci beaucoup.

- Merci à vous, madame. Bonne journée.

- Bonne journée. »

Madame Sénéchaud a mis les légumes dans son panier.

« Bon, maintenant, du fromage. »

Anne et sa mère faisaient les courses. Anne n'était pas obligée d'aller avec sa mère mais elle aimait les arômes très variés du marché – les légumes frais, le café grillé, les fromages – en France il y a au moins 365 sortes de fromages – un pour chaque jour de l'année ! C'était un banquet pour le nez !

Après une heure de courses, Madame Sénéchaud et sa fille sont allées à la cafétéria pour prendre un café. Anne est allée au bar pour passer la commande. « Deux cafés s'il vous plaît. »

La serveuse a commencé à préparer les cafés.

« Anne ? Anne Sénéchaud ?

- Oui… a dit Anne.

- C'est incroyable ! Tu ne te souviens pas de moi ? »

Anne a regardé la jeune fille. Cheveux longs et noirs, yeux sombres et un sourire sympathique.

« Je suis désolée, mais…

- Je suis Jennifer ! a dit Jennifer.

- Jennifer.. ? a répété Anne.

- Jennifer Rangoline ! École 'Pierre et Marie Curie' ! »

Anne s'est enfin souvenue de Jennifer.

« C'est pas vrai ! C'est toi ? Incroyable !

- Qui est-ce ? a demandé Madame Sénéchaud qui avait soif.

- C'est Jennifer ! a dit Anne. Jennifer Rangoline. Nous étions à l'école 'Pierre et Marie Curie' ensemble. Il y a….longtemps !

- Sept ans, a précisé Jennifer. Très longtemps. Écoute,

Anne. Je dois travailler jusqu'à midi. Après ça, nous pouvons prendre une glace, et parler des sept dernières années !

- Bonne idée. A tout à l'heure !

- Ciao ! »

A deux heures de l'après-midi, Jennifer et Anne avaient parlé de plein de choses: de l'école, des amis, de Pau et de leurs stations de ski pyrénéennes favorites.

« Et maintenant, t'es contente de vivre à Lescar ? a demandé Jennifer.

- Oui, en ce moment, très contente !

- Ah, ah, est-ce que t'es amoureuse ? »

Anne a souri.

« C'est ça. Mon cow-boy est le grand amour de ma vie.

- Un cow-boy ? Il se promène à cheval ? »

Anne a ri.

« Non, c'est seulement son surnom. Il est amusant et très, très beau. Je n'ai jamais rencontré un type aussi sympa de toute ma vie.

- Tu l'as rencontré où ? a demandé Jennifer. »

Anne était un peu embarrassée d'avoir rencontré son copain sur un site de chat.

« C'est…c'est le frère d'une copine, a-t-elle menti. »

Elle a rougi.

« Et toi, Jennifer ? T'as un copain ?

- Oui. Je lui ai donné le surnom de 'guerrier'. Je le connais seulement depuis quelques semaines. »

Jennifer, elle aussi, était un peu embarrassée d'avoir rencontré son copain sur un site de chat.

« Il…il est dans notre équipe de volley-ball à l'école, a-t-elle menti. »

Elle a rougi aussi.

« Je suis très heureuse avec lui. Malheureusement il fait beaucoup de choses, donc, je ne peux pas le voir plus de deux ou trois fois par semaine. Mais, quand je suis avec lui, je sens… que je lui plais.

- C'est pareil pour moi, a dit Anne. La dernière fois

que je l'ai vu, il m'a donné une rose rouge.

- Ah, un vrai romantique !

- Oui, il l'est . C'était pas mon anniversaire alors je lui ai demandé pourquoi il m'offrait une rose rouge et il m'a répondu : «c'est très simple, c'est parce que je t'aime. »

Chapitre 6

Quelques jours plus tard – 18h30, à la piscine municipale – Lons, près de Pau

Quelques jours plus tard, Jennifer a rencontré son guerrier à la piscine. Elle était bonne nageuse. Runbo ne nageait pas mal non plus. Après cent mètres à toute vitesse, Jennifer était un peu fatiguée. Runbo était très fatigué !

« Tu veux aller au jacuzzi ? a proposé Jennifer.

- Bonne idée, a répondu Runbo. »

L'eau était à 32° : parfaite pour des muscles fatigués.

« Hmmm, on est bien ! a dit Jennifer, en s'asseyant dans le jacuzzi. Je voudrais y dormir !

- Encore une bonne idée, a dit Runbo. »

Il a posé sa tête sur l'épaule de Jennifer. Elle a mis sa main sur le cœur de son guerrier.

« Hé, ton cœur bat quatre-vingt dix fois par minute !

- Bien sûr ! a dit Runbo. Je suis à côté de toi ! »

Jennifer a ri.

« Hé, samedi dernier j'ai rencontré une copine que je n'avais pas vue depuis sept ans !

- Ah oui ? a dit Runbo en mettant son bras sur les épaules de Jennifer.

- Oui, a continué Jennifer. C'était très intéressant. Nous avons parlé de beaucoup de choses !

- Ah oui ? a dit Runbo et il a embrassé *l'oreille* de sa copine du moment.

- Oui. Elle a trouvé l'amour de sa vie ! Un garçon très sympa et très beau.

- Comme moi ! a dit Runbo et il a fait des *petits baisers* dans le cou de Jennifer.

- Oui, comme toi, a répété Jennifer. Mais tu n'as pas beaucoup de temps pour moi. C'est dommage ! »

Runbo a arrêté ses baisers.

une oreille, tu écoutes avec tes oreilles
petits baisers, quand tu embrasses quelqu'un très tendrement

« Mais tu sais que je dois aider ma grand-mère. Elle est vraiment malade en ce moment. Elle dit même quelquefois qu'elle veut mourir.

- Je suis désolée.

- Et tu me comprends ?

- Oui, je te comprends. Je sais bien. Tu fais beaucoup de choses pour ta grand-mère. Je suis *fière* de toi.

- Merci, Jen, a dit Runbo. »

Il a recommencé à l'embrasser dans le cou. Elle aimait bien ça !

« J'ai pensé que nous pouvions sortir ensemble, a dit Jennifer en souriant.

- Qui ?

- Toi, moi, Anne et son copain.

- Anne ? Qui est Anne ?

- Ma copine ! Celle que j'ai rencontrée.

- Ah oui ? Runbo a eu tout à coup un peu peur.

- Oui, et son copain, c'est le frère d'une de ses copines.

- Je suis heureux, a dit Runbo. »

Et c'était vrai. Il n'avait ni frère ni sœur.

« Pour ta copine naturellement.

- D'accord. Je vais lui téléphoner. Qu' est-ce que tu fais samedi ?

- Samedi ? Désolé, je dois aider ma grand-mère. Peut-être la semaine prochaine. Je te téléphone.

- D'accord, a dit Jennifer . »

Mais elle était un peu triste.

Après la piscine ils sont allés au café d'à côté. Jennifer a bu un jus d'orange, Runbo, un café.

« Merci pour cette très bonne soirée, a dit Jennifer

être fier, les parents sont toujours fiers de leurs enfants!

au moment de partir. T'es un garçon unique.

- Attends, Jen. J'ai quelque chose pour toi.

- Ah oui ?

- Oui, je sais que je ne suis pas le copain le plus attentif, mais tu sais avec ma grand-mère...

- Oui, oui, je comprends.

- Voilà. C'est pour toi. Il lui a donné une rose rouge.

- Merci, mais, pourquoi tu me donnes ça ?

- Très simple, Jen. Parce que...

- Oui ?

- Parce que tu es fraîche comme une rose.

- Merci, Runbo.

- Et parce que je t'aime. »

Chapitre 7

Samedi – 16h55, à la salle omnisport – Lons, près de Pau

« 9-8. Balle de match ! a dit Anne en souriant. »

Urbon ne souriait pas. Il *détestait* perdre – surtout perdre contre une fille ! Il tenait sa raquette de squash très fort. Il ne fallait pas perdre ! Anne a jeté la balle en l'air.... Vlan ! Urbon attendait à l'arrière du court. Mais la balle a frappé le coin du court et est tombée par terre... boum, boum, boum...

« J'ai perdu... a murmuré Urbon. J'ai perdu contre une...

- Tu as perdu contre moi ! a dit Anne. »

Et elle lui a donné un baiser.

Après le match, Urbon s'est douché. Il n'acceptait pas d'avoir perdu contre une fille !

Après la douche, il est allé retrouver Anne dans le café de l'Omnisport.

« Qu'est-ce qu'il y a ? a dit Anne encore toute souriante.

- Rien, a dit Urbon. Rien du tout !

- Ah ! Mon cow-boy n'aime pas perdre ! »

Urbon a bu son jus d'abricot.

« Personne n'aime perdre.

- Oui, mais on ne peut pas gagner à chaque fois. »

Anne a pris la main d'Urbon.

« Même quand tu *boudes* je t'aime.

- Bouder ? Moi ?

- Oui, Urbon, toi.

détester, quand tu n'aimes vraiment pas quelque chose
bouder, quand tu n'es pas content et que tu ne veux pas sourire, tu boudes

- Peut-être que t'as raison. Mais la prochaine fois, je vais te massacrer ! »

Enfin, Urbon souriait.

« Hé, tu sais quoi ? a dit Anne.

- Non, quoi ? a répondu Urbon.

- J'ai rencontré une amie au marché. Elle a aussi un copain…

- Ah oui ? »

Encore une fois, le cœur d'Urbon s'est mis à battre quatre-vingt-dix fois par minute.

« Oui, il est dans son équipe de volley à l'école.

- Ouf ! a dit Urbon. Ben, c'est dur, le volley.

- Tu crois ? Je pense que c'est un sport auquel les filles et les garçons peuvent jouer ensemble. J'aime bien.

- Oui, oui, moi aussi. »

Il était un peu *déconcerté*, mais il ne savait pas pourquoi. Il a bu le reste de son jus d'abricot.

« Donc, ma copine a demandé, si on voulait aller au cinéma tous les quatre, la semaine prochaine. Mercredi soir.

- Mercredi soir ? a répondu Urbon. Je ne peux pas. Je dois aider ma grand-mère. Je suis désolé. Une autre fois.

- Oui, une autre fois, a dit Anne. »

Et elle a bu le reste de son jus d'orange…

Deux heures plus tard, Bruno était allongé sur son lit. Il pensait à ses copines. Il savait jongler avec des balles sans problème, mais pour jongler avec les filles, c'était un peu plus difficile.

Chapitre 8

Dimanche 17h55 – Dans la salle d'aérobic - Wellness centre de fitness - Pau.

« Et un, et deux, et trois, et quatre, allez ! Poussez ! Bien ! Et huit ! »

La prof de fitness s'est arrêtée.

« Très bien, ça suffit pour aujourd'hui. »

Toutes les femmes ont bu de l'eau ou des boissons isotoniques.

« Tu en veux ? »

Une dame offrait une bouteille d'eau à Jennifer.

« Merci beaucoup, a dit Jennifer. J'ai oublié de prendre ma bouteille. »

La dame a vu que Jennifer la regardait.

« Devine mon âge ! a demandé la dame, en souriant. »

Jennifer l'a regardée. Elle n'était pas jeune, mais il était clair qu'elle était en forme.

« Cinquante ans ? »

La dame a ri.

« La semaine prochaine, c'est mon anniversaire. Je vais avoir soixante-huit ans !

- Soixante-huit ans ? Mais vous êtes en très bonne forme !

- Merci, a dit la dame en s'habillant. Mais quand on fait du fitness, du vélo, de la montagne, du ski…

- Vous faites tout ça ? a demandé Jennifer, *étonnée*.

- Oui, mais je suis *consternée* par les jeunes d'aujourd'hui. Ils sont tellement *paresseux*.

étonnée, très surprise
consternée, pas contente du tout
paresseux, si tu es paresseux, tu n'aimes pas l'activité

- Pas moi. Moi, j'adore le sport !

- Oui, tu es une fille exceptionnelle. J'ai un *petit-fils*. Il a quinze ans. Il fait un peu de sport parfois, mais le plus souvent il est dans un cyber café devant un ordinateur, dans un 'site de chat'. Je ne parle pas l'anglais – je ne sais pas ce que c'est exactement un 'site de chat', mais je sais bien qu'il y reste trop longtemps assis quand il fait beau !

- Vous avez raison, a dit Jennifer, en se levant. J'espère bien être en forme comme vous à soixante-huit ans !

- A bientôt !

- A la semaine prochaine ! »

Chapitre 9

Lundi soir – 18h40 – au Café Australien, boulevard des Pyrénées, Pau

« Hé, Anne ! Je suis là !

- Salut, Jen. Je suis désolée d'être en retard, a dit Anne en s'asseyant en face de sa copine. J'avais un problème avec mon vélo. »

Les deux amies ont appelé la serveuse. Jennifer a commandé un cappucino. Anne a commandé une glace avec des fruits frais. Il y avait beaucoup de monde au Café Australien. La musique était forte et c'était très enfumé. C'est pourquoi Jennifer et Anne étaient à la terrasse.

petit-fils, Michel a soixante ans. Il a un fils, Fred. Fred a trente ans. Fred a un fils, Emmanuel. Emmanuel a dix ans. Donc, Emmanuel est le petit-fils de Michel

« Alors, raconte-moi, a dit Jennifer. Tout va bien avec ton cow-boy ?

- Oui, très bien. Nous avons joué au squash – et j'ai gagné ! Après ça il a boudé pendant une demi-heure !

Jennifer a ri.

« Les garçons ! Ce sont tous les mêmes !

- T'as raison, a dit Anne. Il m'a déjà. Pourquoi est-ce qu'il veut gagner aussi au squash ? »

Les deux jeunes filles riaient. Elles n'avaient pas parlé ensemble depuis sept ans, mais maintenant elles se parlaient comme de vieilles amies !

« Tu te souviens de ton idée d'aller à quatre au cinéma ? a demandé Jennifer.

- Oui, a répondu Anne. Ton copain peut venir ou non ?

- Mercredi peut-être, a dit Jennifer.

- Ça ne marche pas. Mon cow-boy ne peut pas. Mais vendredi peut-être ? a dit Anne. Attends, il m'a dit que c'était l'anniversaire de sa grand-mère cette semaine. Je l'avais oublié. »

C'était vraiment frustrant pour les deux amies de ne pas pouvoir rencontrer le petit ami de l'autre !

Soudain, Jennifer a ri.

« Quoi ? a demandé Anne.

- Ça me rappelle une dame au fitness. C'est son anniversaire cette semaine. Elle va avoir soixante-huit ans !

- Soixante-huit ans ! Et elle va au fitness ? ! »

Anne était étonnée.

« Oui, elle est en très bonne forme. Elle a un petit-fils de quinze ans. Elle m'a dit qu'il était paresseux ! Il s'assoit devant son ordinateur et va sur un site de chat pendant des heures même quand il fait beau ! »

Anne a souri.

« Et toi, Jennifer ? Tu vas sur les sites de chat ?
- L'année dernière, quelquefois, a menti Jennifer. Mais les garçons sur les sites de chat sont givrés.
- Ma sœur m'a dit la même chose, a aussi menti Anne. Moi, je ne suis jamais allée sur un site de chat.

Chapitre 10

Samedi, 11h30 – près du Col du Somport, à la frontière espagnole, à 85 km de Pau

« Hola ! España ! Que tal ? »

C'était Urbon. Il a crié très fort, mais l'Espagne n'a pas répondu. Il était dans les Pyrénées avec Anne. On était en juin mais il y avait encore de la neige sur les sommets. Ce jour-là, il faisait très beau – et très chaud aussi. Urbon et Anne étaient en short et T-shirt. Ils avaient déjà fait douze kilomètres et il leur restait encore huit kilomètres à faire.

« Tu sembles très fatigué, a dit Anne.
- Moi ? Fatigué ? Pas du tout, a menti Urbon. J'ai un problème avec mes chaussures.

Urbon s'est assis et a enlevé ses chaussures.

« Tu veux que je te *masse* les pieds ? Je suis une très bonne masseuse.
- Non. Attends cinq minutes.
- Ah, mon cow-boy, tu boudes encore ?
- Je ne boude pas ! J'ai un problème avec mes chaussures, d'accord ? a encore menti Urbon.
- D'accord, a dit Anne en souriant. »

masser, quand tu fais un massage, tu masses

Quatre heures plus tard, ils sont arrivés au Col du Somport. Quatre heures pour faire huit kilomètres, ce n'est pas rapide. Urbon n'arrivait pas à trouver le problème avec sa chaussure. Probablement, parce qu' il n'y avait rien à trouver ! C'était Urbon qui n'était pas en forme. Probablement parce qu'il était paresseux, qu'il s'asseyait devant son ordinateur et allait sur un site de chat pendant des heures même quand il faisait beau !

Dans l'autobus du retour, Urbon a dormi une demi-heure. Près d'Oloron, il s'est réveillé.

« Bonjour, mon chéri ! a dit Anne. T'as bien dormi !

Peut-être que vingt kilomètres de marche, c'était trop pour toi.

- Pas du tout, a dit Urbon. Je suis fatigué parce qu'hier soir, c'était l'anniversaire de ma grand-mère.

- Ah oui ? a dit Anne. Elle a quel âge maintenant ?

- Soixante-huit ans, a dit Urbon. »

Deux heures plus tard, Anne était chez elle allongée sur son lit. Elle pensait à son copain. Au début, il semblait très sympa, mais ces derniers jours, il n'était plus comme avant. Elle se sentait un peu désorientée, mais elle ne savait pas pourquoi.

Au même moment, Urbon était allongé sur son lit. Il pensait à ses copines. Jennifer était toujours bien mais Anne… elle était très belle, mais elle n'était plus tellement sympa. Il était peut-être temps de quitter Anne et de trouver une autre fille. Il aimait bien avoir deux copines en même temps. Il savait qu'il jouait avec le feu, mais la chaleur lui donnait beaucoup de plaisir.

Chapitre 11

Lundi soir 18h00 – au cinéma Le Méliès, rue Bargoin, Pau

« Bonsoir, mon guerrier ! »

Runbo et Jennifer se sont fait la bise.

« Salut, Jen, ça va ?

- Très bien. Tu es prêt ?

- Oui oui. Mais nous allons voir quel film ?

- J'ai trouvé un film très intéressant. Il s'appelle 'Urban Cowboy', je pense que tu ne le connais pas.

- Urban Cowboy ? Avec John Travolta et Debra Winger ? 1980, je crois. »

Jennifer était étonnée.

« Oui ! Comment le sais-tu ?

- Ben..., a dit Runbo en haussant les épaules. J'aime le cinéma.

- J'espère que tu m'aimes plus que le ciné ! a dit Jennifer en riant. »

Jennifer et son guerrier sont entrés dans le cinéma.

« Trois billets s'il vous plaît.

- Trois ? a demandé Runbo. Pourquoi trois ?

- J'ai invité ma copine. Elle veut te connaître. Tu te souviens de ma copine que j'ai rencontrée ?

- Ah oui, avec le copain qui est le frère d'une copine.

- Exactement. Il ne pouvait pas venir, il semble être toujours occupé ! Donc, elle vient. J'espère que t'es d'accord.

- Oui, oui, pas de problème, a dit Runbo. »

Cinq minutes avant le début du film, Jennifer a senti les vibrations de son portable. Un SMS arrivait :

« Qu'est-ce qu'il y a ? a demandé Runbo.

- C'est Anne. Elle ne peut pas venir avec nous.

- Anne ? a dit Runbo, son cœur a commencé à battre très fort !

- Oui, ma copine ! Tu peux te souvenir des détails d'Urban Cowboy, mais t'as déjà oublié le nom de ma copine ! »

Runbo a ri.

« Allons-y. Nous allons être en retard. »

Quatre heures plus tard, Jennifer était chez elle allongée sur son lit. Elle pensait à son copain. Au début, il semblait très sympa, mais, ces derniers jours, il n'était plus comme avant. Elle se sentait un peu désorientée, mais elle ne savait pas pourquoi.

Une heure plus tard, elle avait compris. Le menteur ! Le sale type !

Chapitre 12

Mardi soir – 18h30 – au café Black Bear, boulevard des Pyrénées, Pau

« Salut, Jen !

Elles se sont fait la bise.

« Salut, Anne, assieds-toi.

- Donc, t'as quelque chose de très important à me dire, a dit Anne, après avoir commandé des boissons. Jennifer, hé ! Jennifer ! Tu penses à ton copain ?

- Oui, a-t-elle répondu. Je pense à mon copain - et à ton copain.

- En même temps ?

- Oui, en même temps, a dit Jennifer. Je suis sûre que ton copain et mon copain dorment dans le même lit.

- Quoi ? Jennifer, t'es *dingue* !

dingue, si tu es dingue, tu es fou!

- Pas du tout, a dit Jennifer. Parce que ton copain, et mon copain, c'est le même menteur ! Le même sale type !

- Quoi ? a répondu Anne encore une fois. Pourquoi tu dis ça ?

- Bon, a dit Jennifer. Je pense qu'il faut être très honnête l'une envers l'autre.

- Je suis toujours honnête, enfin presque…

- Eh bien. Où t'as trouvé ton copain, Anne ?

- Moi, ben, il est…, tu veux la vérité. Bon, je l'ai rencontré sur un site de chat, a dit Anne.

- Je le savais ! a dit Jennifer.

- Désolée, a dit Anne. J'étais un peu *gênée*.

- Ça fait rien, a dit Jennifer. Moi aussi, je l'ai rencontré sur un site de chat. Et pourquoi tu lui as donné le surnom 'Cow-boy' ?

- Parce que sur le site de chat, il s'appelle 'Urbon'. Je me suis souvenu du film, 'Urban Cowboy'…

- Avec John Travolta et Debra Winger, 1980.

- Oui, comment tu le sais ?

- Je vais t'expliquer plus tard. Donc, moi je lui ai donné le surnom de 'guerrier' parce qu'il s'appelle 'Runbo' sur le site de chat, a dit Jennifer.

- Runbo… Urbon…

- BRUNO ! se sont écriées les deux jeunes filles en même temps.

- Maintenant, est-ce que je peux voir ton agenda ? a demandé Jennifer. »

Dix minutes plus tard, tout était clair. Jennifer et Anne comprenaient maintenant pourquoi elles n'avaient jamais pu rencontrer le petit ami de l'autre.

« Il m'a dit qu'il a une grand-mère très vieille qui ne

gené, quand tu es gené, tu es embarrassé

peut plus marcher, a dit Anne. Et c'est pour ça qu'il ne peut me voir que quelques jours par semaine seulement.

- Mais en réalité, sa grand-mère a soixante huit ans et elle est en meilleure forme que notre Bruno.

- Le menteur, a dit Anne. Le sale type ! Je vais le tuer !

- Attends, a dit Jennifer. J'ai une autre idée. Un plan. Écoute…»

Chapitre 13

Samedi 10h - dans un cyberspace et un cyber café près de l'Université, Pau - sur le site de chat.

« T'es sûre qu'il va venir ? a demandé Sandrine, la cousine de Jennifer.

- A cent pour cent ! a dit Jennifer.

- Oui, oui, ce sale type va venir ce matin, a dit Anne. Sans aucun doute. »
Sandrine était sur le site de chat pour les jeunes du sud-ouest de la France. Elle avait parlé avec Patrick, Nicky, Marianne, mais elle n'avait pas vu 'le sale type' jusqu'à ce que…

Norub: Bonjour à tous !

« C'est lui ! a dit Jennifer. Runbo, Urbon, et maintenant, Norub !

- Qu'est-ce que je dois dire ? a demandé Sandrine. »

C'était sa première visite sur un site de chat.

« Dis : 'salut Norub ! '. »

Sandrine: Salut Norub !
Norub: Salut Sandrine ! Ça va ?
Sandrine: Très bien. Et toi ?
Norub: Pas mal. Où es-tu ?

« Je suis où ? a demandé Sandrine à ses amies.

- Tu habites dans un petit village dans la forêt. Mais aujourd'hui, t'es à Pau. »

Sandrine: J'habite dans un petit village dans la forêt.
Norub: Quel dommage !
Sandrine: Mais aujourd'hui, je suis à Pau.
Norub: C'est pas vrai !
Sandrine: Si, c'est vrai. Et toi, t'es où ?
Norub: Moi, je suis aussi à Pau. J'habite ici ! T'as quel âge ?
Sandrine: Quatorze ans.

« Maintenant il faut dire que tu aimes les garçons qui ont des qualités spéciales, a dit Jennifer. »

Sandrine: J'aime les garçons qui ont des qualités spéciales.
Norub: Lesquelles ?

« Ils doivent pouvoir jongler, a dit Anne. »

Sandrine: Ils doivent pouvoir jongler.
Norub: Mdr ! Je peux jongler !
Sandrine: Super ! Je peux jongler un peu aussi, mais pas trop bien.
Norub: Je vais jongler pour toi Sandrine ! ☺

« Et tu aimes les garçons qui portent un bijou, a dit Anne. »

Sandrine: Et j'aime bien les garçons qui portent un bijou.
Norub: C'est moi !
Sandrine: Je peux pas résister à un garçon qui porte un bracelet ou une chaîne en or autour du cou.

Norub était excité comme un petit garçon.

Norub: C'est moi ! C'est moi ! Je peux t'envoyer ma photo, si tu veux !
Sandrine: D'accord. On verra si t'es mon type de garçon.

Norub était certain qu'il était LE garçon pour Sandrine. Il lui a envoyé sa photo.

« Toujours la même photo ! a dit Jennifer.

- Il est beau, a dit Sandrine.

- Oui, a dit Anne. Mais c'est un menteur et un sale type ! »

Norub: Hé ! Sandrine ! T'es là ?
Sandrine: Oui, je suis là.
Norub: Alors, comment tu me trouves ?
Sandrine: Pas mal…

« Maintenant, demande s'il veut voir ta photo, a dit Jennifer. »

Sandrine: Tu veux voir ma photo ?

Norub était excité comme un petit garçon devant ses cadeaux de Noël !

Norub: Vraiment ? T'as une photo ?
Sandrine: Oui. Tu veux la voir ?
Norub: Ouiiiiiiiiiii !

Sandrine a envoyé sa photo. Cheveux longs et blonds, yeux bleus et le corps d'une fille de deux ou trois ans plus âgée qu'elle.

Norub: Ouah ! T'as mal à la tête ?

« Ça alors ! ont dit Anne et Jennifer ensemble. »

Sandrine n'a pas compris. Anne a expliqué la blague de Bruno.

« Donc, je dis oui, parce que je viens de tomber du ciel ?

- Non, a dit Jennifer. Ne montre pas que tu connais sa blague.

- D'accord. »

Sandrine: Non, pourquoi ?
Norub: Parce que j'ai pensé, que lorsqu'un ange tombait du ciel....
Sandrine: Hi hi, Norub. T'es un comique.
Norub: ☺
Sandrine: Et j'aime bien les comiques.
Norub: Sandrine, je dois te voir !
Sandrine: Ah oui ? Pourquoi ?
Norub: Parce que... parce que je pense que je t'aime.

« Déjà ! ? ont dit Sandrine, Anne et Jennifer en même temps.

- Que faire ? a demandé Sandrine.

- On l'a bien attrapé, a dit Jennifer. Tu peux proposer un rendez-vous. A la brasserie l'Aragon, boulevard des Pyrénées. »

Sandrine: D'accord. Mais je serai à Pau seulement jusqu'à ce soir.
Norub: Pas de problème. Cet après midi ?
Sandrine : A trois heures. Tu connais la brasserie l'Aragon, boulevard des Pyrénées ?

Norub la connaissait bien. C'était cher là-bas, mais la nourriture y était très bonne.

Norub: Pas de problème. A bientôt, miss !
Sandrine: Ciao !

« Merci, Sandrine ! T' étais super ! a dit Anne.

- De rien, a dit Sandrine.

- Bon, la première partie du plan est finie, a dit Jennifer. Maintenant, la deuxième ! »

Chapitre 14

Samedi 15h00 - A la brasserie l'Aragon, boulevard des Pyrénées, Pau

Norub était sur la terrasse de la Brasserie l'Aragon. Il attendait le grand amour de sa vie. Une fille qui aimait bien les jongleurs, qui aimait bien les garçons avec un bijou... Une fille très très belle... Il cherchait Sandrine mais il y avait trop de monde sur le boulevard des Pyrénées. Soudain il a vu une fille, une belle fille, mais, 'NON ! ' a pensé Norub. Cette fille a les cheveux courts et blonds, les yeux verts...

« Salut, Anne, a dit Urbon nerveusement.

- Salut, cow-boy ! a dit Anne. »

Ils se sont fait la bise.

« Mais qu' est-ce que tu fais ici ? a demandé Urbon.

- Pas grand chose. Je dois acheter quelque chose pour ma mère. Et toi ? Qu'est-ce que tu fais ici ?

- Ben, j'attends un copain. Oui, c'est ça. J'attends un copain de foot.

- Ah bon ? a dit Anne en souriant. Je voudrais bien rester avec toi, mais je n'ai pas le temps maintenant.

- Oh, quel dommage, a menti Urbon. On se voit une autre fois, alors.

- Oui, dans une demi-heure peut-être ?

- Bonne idée, a dit Urbon. »

Il aurait le temps de *s'échapper* avec Sandrine dans un autre café.

« A bientôt, cow-boy !

- A bientôt, Anne. »

Chapitre 15

Samedi 15h05 – A la brasserie l'Aragon, boulevard des Pyrénées, Pau

Cinq minutes plus tard, Norub a commencé à avoir peur. Où est-elle ? Elle n'était pas de Pau, peut-être

s'échapper, partir sans autorisation

qu'elle ne connaissait pas la rue. Mais non, c'était l'idée de Sandrine, de se donner rendez-vous ici. Soudain il a vu une fille, une belle fille, mais, 'NON ! ' a pensé Norub. Cette fille a les cheveux longs et noirs et les yeux sombres.

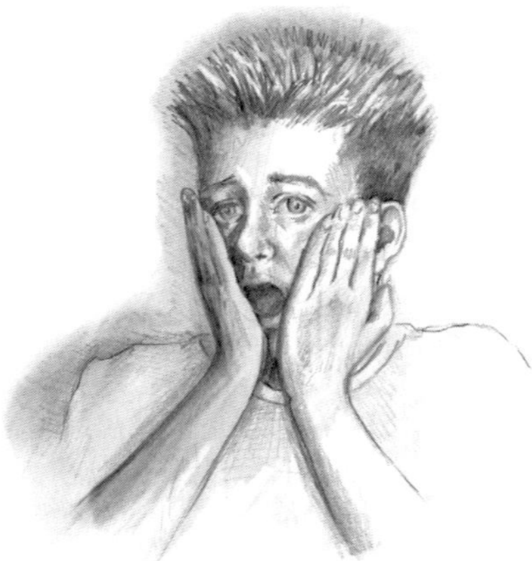

« Hé guerrier, qu'est-ce que tu fais ici ? a demandé Jennifer. »

Elle s'est assise en face de Runbo.

« Moi ? J'attends un copain de foot, a dit Runbo nerveusement.

- Je pensais que tu devais aider ta grand-mère aujourd'hui.

- Ben, je l'ai aidée ce matin, mais maintenant elle dort, a menti Runbo.

- Ah bon, a dit Jennifer. Peut-être que tu peux m'aider ?

- Peut-être, a dit Runbo pendant qu'il regardait les gens dans l'espoir de voir Sandrine.

- J'ai un gros problème, a dit Jennifer. »

Et elle a commencé à verser des *larmes de crocodile*.

« C'est quoi, ton problème ? a demandé Runbo. »

Il était gêné par les larmes de Jennifer. Surtout en ce moment !

« C'est ma cousine…

- Oui ? a dit Runbo.

- Écoute, je peux te raconter l'histoire en toute confiance ? C'est un grand secret dans ma famille.

- Oui, oui, pas de problème, a dit Runbo. Raconte-moi l'histoire de ta cousine.

- L'année dernière, elle s'est échappée, a dit Jennifer très bas.

- D'où ?

- *D'un centre de détention pour mineurs*.

- Mais pourquoi elle était là-bas ? a demandé Runbo.»

C'était une histoire intéressante !

« Parce que, quand elle avait douze ans, elle n'aimait pas sa grand-mère. Un jour, elle a poussé sa grand-mère par la fenêtre. Sa grand-mère est restée à l'hôpital pendant deux mois.

- Eh ben dis-donc ! Elle n'est pas très gentille ta cousine.

- Non, pas du tout, a dit Jennifer avec une expression très grave. Mais hier soir, j'ai rencontré une amie de ma cousine. Elle m'a dit que ma cousine habitait maintenant dans un village dans la forêt. Quelquefois elle vient dans une ville pour aller dans un cyber café... »

Le cœur de Runbo a commencé à battre très fort.

« Oui, elle cherche un jeune homme très naïf, pour lui proposer un rendez-vous.

larmes, si tu es très triste, les larmes viennent à tes yeux
des larmes de crocodile, sont de fausses larmes
un centre de détention pour mineurs, un 'prison' pour les jeunes

- Ah oui ? a dit Runbo. Pourquoi faire ?

- Pour lui voler son argent, ses cartes de crédit… tout ce qu'elle peut. Elle est très dangereuse. Une fois, elle a même *donné un coup de couteau* à un jeune homme.

- Eh ben dis-donc ! a encore dit Runbo. Et…où est ta cousine maintenant ?

- C'est la raison de ma peur, a dit Jennifer. Elle est à Pau.

- A Pau ?

- Oui, mon amie l'a vue dans un cyber café ce matin.

- Ce matin ? a répété Runbo.

- Oui, c'est vraiment dommage, parce qu'elle est très belle. Seulement, elle a des problèmes psychologiques.

- Je comprends, a dit Runbo.

donner un coup de couteau, attaquer avec un couteau

- J"ai une photo d'elle. Tu veux la voir ?
- D'accord. »
Jennifer a pris une photo dans son sac et l'a donnée à Runbo.
Runbo se sentait comme un petit garçon qui a découvert que le Père Noël n'existe pas. C'était Sandrine…
« Elle s'appelle Sandrine, a dit Jennifer. Elle est belle, non ?
- Oui, a dit Runbo, dans un murmure. Très belle.
- Merci de m'avoir écoutée. T'es un bon guerrier !
- De rien, a dit Runbo.
- Donc, il faut vite que je la retrouve, a dit Jennifer.
- Oui, oui, bonne idée, a dit Runbo, la tête lourde de problèmes. »

Chapitre 16

Samedi 15h15 – A la brasserie l'Aragon, boulevard des Pyrénées, Pau

Jennifer a disparu parmi les gens qui se promenaient sur le boulevard des Pyrénées. Que pouvait-il faire ? Il devait s'échapper, mais… Soudain il a vu une fille, une belle fille, mais, 'NON !' a pensé Norub. Cette fille avait les cheveux longs et blonds et les yeux bleus…
« Hé, Norub ! C'est moi ! Désolée, je suis en retard. Mais j'avais quelque chose à faire. »
Sandrine allait lui faire la bise, mais Norub n'a pas voulu l'embrasser.
« A...a...assieds-toi, a-t-il dit. »
Sandrine s'est assise en face de Norub.
« Regarde, j'ai acheté un cadeau pour ma grand-mère.

C'est son anniversaire demain. C'est beau, non ? »

Norub a regardé dans le sac. Dedans il y avait un couteau de 15 cm de long.

« Elle aime beaucoup faire la cuisine, a expliqué Sandrine. Hé, Norub, t'es nerveux !

- Moi ? Nerveux ? a dit Norub nerveusement. Pas du tout.

- Si, regarde ta main, elle tremble ! Sandrine a essayé de tenir les mains de Norub mais il les a vite retirées. Qu'est-ce qu'il y a, Norub ?

- Rien, rien du tout, a-t-il dit. »

Cette fille folle… avec un grand couteau… Soudain, il a vu un homme en uniforme dans la rue. Enfin ! Un policier ! Norub a sauté de la terrasse et il a couru à toute vitesse vers le policier.

« Sauvez-moi ! Sauvez-moi ! a-t-il crié. La fille là ! Elle s'est échappée d'un centre de détention pour mineurs ! C'est une criminelle ! Elle veut me donner un coup de couteau ! Sauvez-moi ! Sauvez-moi ! »

Norub pleurait comme un bébé dans les bras du policier.

« Salut, Jean.

- Salut, Sandrine, a dit le policier à sa sœur. Ça va ?

- Très bien, a répondu Sandrine.

- Mais, mais, elle est folle ! Elle habite dans la forêt, elle a attaqué beaucoup de jeunes hommes, a crié Norub. »

Et il a recommencé à pleurer.

Le policier a utilisé sa radio et une ambulance est arrivée. Deux hommes forts ont mis Norub dans l'ambulance.

« Hé ! Non ! Vous ne comprenez pas ! a-t-il crié. Je suis normal ! C'est la fille, là ! Elle est folle ! Elle va tuer

quelqu'un avec son grand couteau ! »

Deux heures plus tard, Bruno était allongé sur un lit d'hôpital. Sa mère était à ses côtés.

« Ne t'inquiète pas, Bruno, a dit sa mère. Les docteurs ici vont bien t'aider. »

Chapitre 17

Au café Le Carnot – Rue Carnot – Pau

Une semaine plus tard Anne, Jennifer et Sandrine étaient dans le café Le Carnot à Pau. Elles avaient mangé une grande glace suivie d'un cappuccino. Soudain, une jeune fille est arrivée dans le café.

« Hé Christine ! Qu'est-ce que tu fais ici ? a demandé Anne à sa copine.

- Moi ? J'attends mon copain.

- Ah oui ? T'as un copain maintenant ? a demandé Anne.

- Oui, c'est…c'est le fils de mon dentiste, a menti Christine.

- Et comment s'appelle-t-il ? a demandé Jennifer.

- Il a un nom un peu bizarre, a dit Christine. Il s'appelle Onbur…»

Questions de compréhension

1. Pourquoi est-ce-que Bruno est rentré dans le cyber café dix minutes après avoir parlé avec Jennifer?
2. Anne a demandé : « Où est la meilleure piscine de Pau ? » Urbon a répondu : « Ben, oui. Je suis d'accord. » Pourquoi?
3. Bruno a deux surnoms: 'Cowboy' et 'Guerrier'. Comment a-t-il eu ces deux surnoms?
4. Bruno a dit que sa grand-mère était malade. C'est vrai?
5. Jennifer a dit : « Je suis sûre que ton copain et mon copain dorment dans le même lit. » Pourquoi?

6. Sandrine a acheté un couteau de 15cm de long. Pourquoi?
7. Qui est le copain de Christine?
8. Dans l'histoire, Bruno a embrassé combien de filles?

Vrai ou faux?

____ ou ____ Bruno aime bien les ordinateurs.
____ ou ____ Bruno aime les ordinateurs plus qu' il n'aime les filles.
____ ou ____ Bruno est beau.
____ ou ____ Jennifer peut nager mieux que Bruno.
____ ou ____ Bruno a les cheveux longs comme un mammouth.
____ ou ____ Il y a quelques mammouths dans les Pyrénées.
____ ou ____ Bruno est un romantique.
____ ou ____ Anne est une romantique.
____ ou ____ Bruno est toujours honnête.
____ ou ____ Jennifer est toujours honnête.
____ ou ____ Jennifer et Anne sont naïves.
____ ou ____ Sandrine est dangereuse.

Qu' est-ce que tu penses?

1. Tous les garçons ne pensent qu'à une seule chose.
2. Les sites de chat sont bien pour rencontrer des garçons et des filles.
3. Les garçons sont plus romantiques que les filles.
4. Les filles sont plus honnêtes que les garçons.

Adresses internet

http://www.caramail.com Un site de chat en français
http://www.ville-pau.fr/accueil.html Un site sur Pau avec une webcam!
http://www.parc-pyrenees.com Un site d'informations sur le Parc National des Pyrénées
http://www.sudouest.com Le site de Sud-Ouest, le journal de la région

Attention! Si tu vas dans un site de chat...

Si quelqu'un fait quelque chose de stupide, tu peux l'ignorer. Ne donne ni ton numéro de téléphone ni ton adresse à qui que ce soit. Si tu donnes un rendez-vous, dis-le à tes parents et donne le rendez-vous dans un lieu public.

Jérôme Talou

Jérôme Talou ne vit pas à Pau. il n'a pas le temps d'avoir une petite-amie. Il passe beaucoup de temps à aider sa pauvre grand-mère. Il ne jongle pas et ne porte pas de bijoux. Il n'a jamais été dans un chatroom.